동화 속
세계에
외로운
공주가
있었어.

예쁘고

똑똑하고

용감한 공주는

어느 날

친구들을 만나

티아라 모임의
일곱 가지 약속

1 공주로서 자부심을 가질 것

2 항상 정의로울 것

3 서로를 믿고 존중할 것

4 힘든 일이나 고민이 있다면 서로 나눌 것

5 친구가 위험에 처하면 달려갈 것

6 항상 자신을 가꿀 것

7 동물을 사랑하고 보호할 것

공주들의 약속

2

소원을 이루어 주는 진주

글 ♥ 폴라 해리슨
그림 ♥ ajico
옮김 ♥ 봉봉

가람어린이

이번 편은 남쪽 바다 섬에서 만난 아기 돌고래를 구해 주는 이야기!

이야기의 주인공은?

원테리아 왕국의
클라라벨 공주

사는 곳
원테리아 왕국.
1년 내내 눈이 내리는
추운 나라.

부모님
아버지…원테리아 왕국의 왕
어머니…원테리아 왕국의 왕비

형제 관계
없음

매력 포인트
긴 금발 머리와
바다처럼 푸른 눈동자

성격
내성적이며 조용하다.
부모님이 애지중지 키워서
지금껏 위험한 일, 슬픈 일을
겪은 적이 없다.

새끼손톱의 보석
푸른 사파이어

티아라
수많은 사파이어가
반짝반짝!
테두리는
진주로 둘러싸여 있다.

고민
친구들에게
자신의 의견이나 기분을
잘 표현하지 못한다.

잘하는 것
동물과 교감하기,
조개 수집,
그리고 수영

못 하는 것
나무 타기,
높은 곳 올라가기,
빨리 달리기

좋아하는 드레스
인어 공주
실루엣의 드레스

좋아하는 색깔
옅은 파란색

다른 왕국의 공주들

리딩랜드 왕국의
유리아 공주

밝고 긍정적이며
호기심이 많다.
상대의 기분을 헤아려
배려할 줄 안다.

운다라 왕국의
루루 공주

운동 신경이 뛰어나며
대담한 성격이다.
눈에 띄는 걸 좋아한다.

그 밖의 등장인물

사무엘 왕자

심술궂고
동물을 싫어한다.

트루디 왕비

사무엘 왕자의
어머니

티아 여왕

엠팔리섬이 있는
마리카 제도를
다스리고 있다.

오니카 왕국의
사민타 공주

똑 부러지는 성격이며
어른스럽다.
보석을 만드는
재주가 있다.

올라프 왕자

잘생기고
친절하다.

데니스 왕자

올라프 왕자, 사무엘 왕자와
사이가 좋다. 봄의 대무도회에서
공주들과 만난 적 있다.

조지 왕자

아리

유리아 공주의
수행원

친구와 함께라면

두려움은 사라지고

뭐든 할 수 있다는
자신감이 생겨!

마음속에 품은

반짝반짝 빛나는 보석,

그건 바로

우리의 우정이야!

소원을
이루어 주는
진주

Ampali
엠팔리섬

소원을 이루어 주는 진주
차례

티아라 모임
공주들 ♥ 10

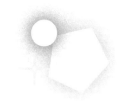

1

남쪽 바다의 섬

　이곳은 남쪽 바다에 있는 엠팔리섬이에요. 에메랄드빛 바다가 아침 햇살을 받아 반짝이고 있어요.

　"너무 아름다워!"

　바다처럼 아름다운 푸른 눈동자를 가진 클라라벨 공주는 성의 발코니에서 바다를 바라보고 있었어요.

　클라라벨 공주가 사는 윈테리아 왕국은 눈으로 둘

러싸인 추운 곳이에요.

따뜻한 남쪽 바다에 있는 엠팔리섬은 마치 다른 세상 같았어요. 해변에 자란 야자나무 잎사귀가 바람에 흔들리는 모습을 클라라벨 공주는 넋을 잃고 바라보았어요.

내일모레 엠팔리섬에서 요트 경기가 열릴 예정이에요.

클라라벨 공주는 경기를 보기 위해 어제, 아버지와 어머니와 함께 엠팔리섬으로 왔어요.

'남쪽 바다 섬까지 왔으니 해변에 가 봐야지!'

클라라벨 공주는 정원으로 나와, 야자나무 길을 따라 해변으로 걸어갔어요.

그때 갑자기 누군가가 클라라벨 공주의 손을 끌어당겼어요.

"클라라벨!
오랜만이야!"

운다라 왕국의
루루 공주

리딩랜드 왕국의
유리아 공주

봄의 대무도회에서 만난 공주들이에요!

오니카 왕국의
자민타 공주

윈테리아 왕국의
클라라벨 공주

상냥하고 정의감 넘치는 유리아 공주와 대담한 성격의 루루 공주, 어른스럽고 똑 부러지는 성격의 자민타 공주까지.

몇 달 전, 클라라벨 공주가 처음 사귄 친구들이죠.

"다시 만나서 정말 반가워!"

루루 공주가 말했어요.

"우리도 방금 만났어!"

다들 각자의 왕국 대표로 섬에 초대된 거예요.

왕과 왕비와 함께 주요 행사에 참석하는 것도 공주가 해야 하는 일 중 하나거든요. 이렇게 친구들과 다시 만날 수 있는 좋은 기회이기도 했어요.

클라라벨 공주는 세 공주의 행동이 좀 이상하다는 걸 알아차렸어요.

셋 다 안절부절못하고 있는 것 같았거든요.

"왜 그래? 무슨 일 있었어?"

클라라벨 공주가 묻자 자민타 공주가 성 쪽을 바라

유리아 공주
리딩랜드 왕국의 공주

빨간 루비가
돋보이는 티아라

호기심 넘치는
갈색 눈동자

장미꽃과 프릴이
사랑스러워!

상대의 기분을
잘 헤아려 줘.

Yuria

옅은 핑크와
짙은 핑크의
환상적인 조합!

누구와도 금방
친해지는 성격

금으로 만든
꽃잎 티아라

어른들에게도
의견을 당당히!

커다란 팔찌가
고급스러워!

Lulu

왼쪽, 오른쪽
다르게 보이는
세련된 드레스

대각선으로
떨어지는 주름이
너무 예뻐.

모든 운동에 만능!
2회전 공중제비가
특기!

루루 공주

운다라 왕국의 공주

자민타 공주

오니카 왕국의 공주

오니카 왕국에서
나오는 수정과
에메랄드가 박힌
티아라

찰랑찰랑한
머리카락은
빛을 받으면
색이 바뀌어!

바람에 나부끼는
우아한 머리카락

성실하고,
연구하는 걸
좋아해.

Jaminta

폭이 좁은
드레스에
하늘하늘한 실크를
겹쳤어.

마법이 깃든
보석을
만들 수 있어!

엠팔리섬에는
몇 번 와 본
적이 있어.

소중한 친구들을
다시 만나서
행복해!

천사의
날개 같은
프릴 소매

Clarabel

긴 금발 머리를
느슨하게
하나로 묶었어.

밑단이 퍼져 있는
인어 공주 실루엣

클라라벨 공주

윈테리아 왕국의 공주

푸른 바다에 숨겨진
분홍색 산호를
떠올리게 해.

보며 속삭였어요.

"사실, 우린 지금 사무엘 왕자를 피해서 숨어 있는 거야."

사무엘 왕자는 리프랜드 왕국의 왕자예요.

클라라벨 공주는 봄의 대무도회에서 있었던 일을 떠올렸어요.

유리아 공주가 망토를 정원에 두고 왔는데, 사무엘 왕자가 그 사실을 어른들에게 고자질했어요.

게다가 심술궂게 히죽거리며 놀이기구에서 그 망토를 찾았다는 걸 떠들고 다녔어요.

덕분에 유리아 공주는 몰래 정원에 나가 놀았다는 걸 어머니에게 들켜서 혼이 나고 말았어요.

사무엘 왕자는 처음 만났을 때, 뻐기듯 자기소개를 했어요.

"난 리프랜드 왕국의 사무엘 왕자야. 우리 리프랜드 왕국은 세상에서 가장 돈이 많고 최고로 우수한

국민이 사는 나라지!"

남을 괴롭히고 뽐내는 걸 좋아하는 사람 같았어요.

"사무엘 왕자가 트루디 왕비의 명령으로 우리를 찾고 있어."

유리아 공주가 눈썹을 찡그리며 말했어요.

트루디 왕비는 사무엘 왕자의 어머니예요.

"왕비는 우리에게 일을 시키고 싶은가 봐. 공주라면 해변에서 뛰어놀지 말고 실내에서 얌전히 일을 도와야 한다고 생각하는 것 같아."

루루 공주가 질린 표정으로 어깨를 으쓱했어요.

"아주 고리타분한 생각이지."

트루디 왕비는 사무엘 왕자에게는 뭐든 오냐오냐하고 버릇없는 행동도 다 받아 주면서, 다른 나라 공주들에게는 엄하게 굴려는 것 같았어요.

그때 저벅저벅 다가오는 발소리가 들렸어요.

"어머니! 정원에는 없는 것 같아요."

트루디 왕비의 명령에 따라 사무엘 왕자가 공주들을 찾고 있었어요!

네 공주는 숨을 죽이고 수풀 사이에 몸을 웅크렸어요. 사무엘 왕자가 점점 더 가까이 다가왔어요.

'제발 들키지 않게 해 주세요…….'

클라라벨 공주는 속으로 기도했어요.

그때 클라라벨 공주의 눈에 무언가가 들어왔어요.

'응? 저게 뭐지?'

사무엘 왕자의 바지 주머니에서 돌돌 말린 낡은 종이가 삐져나와 있었어요. 멋진 옷을 차려입은 왕자의 물건이라기에는 너무 낡고, 금방이라도 찢어질 것처럼 보였어요.

사무엘 왕자는 주위를 두리번두리번 살피더니 성을 등지고 우뚝 멈춰 섰어요.

그러고는 다시 조심스럽게 주위를 살폈어요.

'왜 저러지? 뭔가 숨기는 거라도 있나?'

클라라벨 공주는 호기심이 생겼어요.

주위에 아무도 없는 걸 확인한 사무엘 왕자는 주머니에서 돌돌 말린 낡은 종이를 꺼냈어요.

태양 빛을 받은 왕자의 얼굴에 교활한 미소가 떠올랐어요.

'저게 대체 뭐길래 저러지?'

종이는 아주 오래되고 색도 바래 있었어요.

그때였어요.

리프랜드 왕국의
사무엘 왕자

34

푸드덕 푸드덕!

파란 날개를 가진 앵무새가 갑자기 사무엘 왕자의
머리 위로 날아왔어요!

"으아아아아악!"

볼품없는 비명을 지르며 왕자는 걸음아 나 살려라,
성안으로 도망쳤어요.

"큭큭, 엄청 놀랐나 봐!"

"새를 싫어하나 보지?"

"저렇게 비명을 지를 일이야?"

사무엘 왕자가 사라지자 공주들은 그제야 마음을
놓고 킥킥대며 말했어요.

"어쨌든, 들키지 않아서 다행이야."

"지금이 기회야. 가자!"

클라라벨 공주와 다른 공주들은 자리에서 일어나 드레스에 묻은 흙과 먼지를 탈탈 털었어요.

노란 히비스커스꽃이 활짝 핀 오솔길을 달려 작은 문으로 나가자, 금색으로 빛나는 넓은 해변이 눈앞에 펼쳐졌어요.

저 멀리 보이는 항구에는 세계 20개국에서 모인 배가 길게 늘어서 있었어요.

"요트 경기 준비를 하나 봐. 재밌겠다!"

클라라벨 공주는 가슴이 두근거리기 시작했어요.

'친구들과 오랜만에 만나서 함께 요트 경기를 볼 수 있다니, 너무 기뻐.'

생각지도 못한 엄청난 사건이 공주들을 기다리고 있었지만, 이때는 아무도 그걸 몰랐어요.

2

훈련은 힘들어!

네 공주는 잠시 요트를 구경하다가 옆에 있는 숲으로 향했어요.

잡초가 무성하게 자란 오솔길을 유리아 공주, 루루 공주, 자민타 공주는 가벼운 발걸음으로 뛰어갔어요.

클라라벨 공주도 열심히 뒤쫓아 갔지만, 친구들과의 거리는 점점 벌어졌어요.

'헉헉…… 다들 조금만 천천히 가 주면 좋을 텐데.'

클라라벨 공주는 속으로 생각했지만, 친구들에게 말하기가 부끄러웠어요.

"내가 숲에 밧줄을 숨겨 놨어."

유리아 공주가 말했어요.

"우리 티아라 모임 활동을 제대로 하려면 우선 체력을 길러야 할 것 같아서."

"그거 좋은 생각이야!"

운동을 좋아하는 루루 공주가 손뼉을 치며 찬성했어요.

클라라벨 공주의 머릿속에 대무도회의 추억이 떠올랐어요.

그때 네 공주는 성 근처의 숲에서 덫에 걸린 아기 사슴을 구했어요.

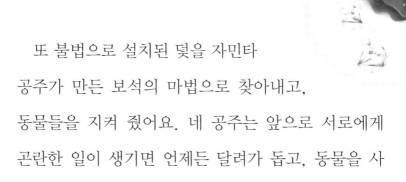

또 불법으로 설치된 덫을 자민타
공주가 만든 보석의 마법으로 찾아내고,
동물들을 지켜 줬어요. 네 공주는 앞으로 서로에게
곤란한 일이 생기면 언제든 달려가 돕고, 동물을 사
랑하고 보호하기로 약속했어요.

이렇게 공주들의 '티아라 모임'이 탄생했답니다.

유리아 공주가 수풀에 숨겨 놓았던 밧
줄을 꺼내고, 나무를 잘 타는
루루 공주가 굵은 나무줄기
를 날렵하게 타고 올라가 밧
줄을 묶었어요.

"먼저 이 밧줄을 잡고 멀리
까지 뛰는 연습을 해 보자! 모
험을 할 때 절벽이나 시냇물을

39

건널 일이 생길지도 모르니까."

루루 공주는 아주 쉬운 일인 듯 말했어요.

클라라벨 공주는 유리아 공주와 자민타 공주의 반

응을 살폈어요.

"재미있겠다!"

"누가 먼저 할래?"

둘 다 의욕이 넘쳐 보였어요.

'어떡하지? 난 무서운데…….'

클라라벨 공주는 높은 곳을 무서워하고, 운동도 자신이 없었어요.

지금껏 얌전한 공주로 성에서 편안히 지내 왔기 때문에 나무에 오를 기회도 없었고, 운동을 못 해도 불편한 점은 없었어요.

'친구들이 이렇게 신이 나 있는데 나만 못 하겠다고 어떻게 말해…….'

클라라벨 공주는 두 주먹을 꽉 쥐었어요.

루루 공주가 가장 먼저 시범을 보였어요. 밧줄을 잡고 힘차게 날아오른 루루 공주는 공중제비를 한 바퀴 돈 뒤 멋지게 착지했어요.

"대단해! 정말 멋지다!"

유리아 공주와 자민타 공주가 박수를 쳤어요.

다음은 자민타 공주가 밧줄을 잡았어요. 다람쥐처럼 가볍게 나무를 기어 올라간 자민타 공주는 힘차게 점프했어요.

'둘 다 완벽해……!'

클라라벨 공주는 더욱 초조해졌어요.

다음 순서인 유리아 공주도 나무에 올라가 가볍게 뛰어내렸어요.

"생각보다 쉽네. 클라라벨, 어서 해 봐!"

클라라벨 공주는 친구들의 격려를 받고 고개를 끄덕였지만 머릿속은 새하얘졌어요.

심장이 쿵쿵 뛰고 눈물이 찔끔 나올 것 같았어요.

'나만 못 한다고 할 수는 없어.'

클라라벨 공주는 부들부들 떨리는 손으로 밧줄을 잡고 간신히 나무 위로 올라갔어요.

'됐어, 이제 뛰어내리기만 하면 돼.'

클라라벨 공주는 눈을 꼭 감고 나무에서 뛰어내렸
어요.

그 순간 땀에 젖은 손이 미끄러지면서 그만 밧줄을
놓치고 말았어요!

쿵!

클라라벨 공주는 엉덩방아를 찧으며 땅에 떨어졌
어요!

"클라라벨!"

"괜찮아?"

"다치진 않았어?"

공주들이 걱정스러운 얼굴로 다가와 물었어요.

유리아 공주가 일어나는 걸 도와주었어요.

"괜찮아…… 손이
미끄러졌을 뿐이야."

강한 척했지만 기분은 더 가라앉았어요.

창피하기도 하고 슬프기도 해서 얼굴이 뜨거워지는 게 느껴졌어요.

"다음은 균형 잡는 연습을 해 볼까? 저기 있는 통나무를 건너 보자."

자민타 공주가 제안하자 루루 공주와 유리아 공주는 신이 나서 통나무로 뛰어갔어요.

배가 아플 정도로 긴장한 건 클라라벨 공주뿐이었어요.

"누가 먼저 건널래?"

루루 공주가 힘찬 목소리로 물었어요.

클라라벨 공주는 숨을 크게 들이마시고 앞으로 나섰어요.

"내가 할게!"

친구들을 따라잡으려면 용기를 내야 한다고 생각했어요.

클라라벨 공주는 통나무 위로 올라가 양팔을 벌리고 한 발, 한 발 조심스럽게 걷기 시작했어요.

그런데 그때 통나무가 옆으로 빙글 돌아갔어요.

"꺅!"

클라라벨 공주는 발이 미끄러지면서 도중에 떨어지고 말았어요.

나머지 세 공주는 균형을 잡으며 통나무를 끝까지 건넜어요.

'난 뛰는 것도 느리고, 나무도 잘 못 타고, 밧줄에 매달리지도 못하고, 균형 감각도 없어……'

클라라벨 공주는 비참한 기분이 들었어요.

'친구들은 다 쉽게 잘만 하는데 왜 나만 못 하는 걸까…….'

다른 친구들은 다 완벽한 공주들인데, 자신만 덜떨어진 것 같다는 생각이 들었어요.

힘없이 고개를 푹 숙이고 있는 클라라벨 공주를 보고, 유리아 공주가 상냥하게 웃으며 말했어요.

"다음에 또 연습하자. 그럼 잘할 수 있을 거야."

하지만 그 말도 위로가 되지 않았어요.

'난 몇 번을 연습해도 친구들처럼 못 할 거야…….'

이런 기분은 태어나서 처음이었어요. 클라라벨 공주는 마음이 무겁고 아팠어요.

친구들과 함께 있는데도 슬픈 기분이 들 수 있다는 건 상상도 못 했어요.

3

돌고래의 선물

클라라벨 공주와 다른 공주들이 숲을 빠져나와 정원으로 들어섰을 때, 마침 점심 식사가 시작되고 있었어요.

클라라벨 공주는 식탁을 가득 채운 맛있는 음식을 보고 눈이 휘둥그레졌어요. 식사가 끝나자 파인애플과 오렌지, 코코넛 등 신선한 과일과 레모네이드, 아이스

엠팔리섬의
티아 여왕

카라티아 왕국의
조지 왕자

라타스탄 왕국의
데니스 왕자

크림, 케이크, 파이 등 달콤한 디저트가 나왔어요.

"공주님들, 아이스크림 토핑은 어떠세요?"

친근한 목소리로 말하며 초콜릿 시럽과 젤리빈을 내미는 사람은 과연 누구일까요?

피니아 왕국의
올라프 왕자

봄의 대무도회에서 함께 춤을 춘 올라프 왕자예요!

"고마워요, 왕자님."

클라라벨 공주는 활짝 웃으며 말했어요.

엠팔리섬을 다스리는 티아 여왕도 우아한 걸음걸이로 공주들에게 다가와 말을 건넸어요.

"레모네이드 한 잔 줄까?"

"네, 고맙습니다!"

"공주들에게 부탁하고 싶은 게 있는데, 이따 시간 좀 내줄 수 있을까?"

티아 여왕이 물었어요.

"물론이지요, 여왕님."

공주들은 예의 바르게 대답했어요.

"좋아! 유리아 공주, 루루 공주, 자민타 공주, 셋이서 식탁의 꽃 장식을 담당해 줬으면 하는데."

"저희에게 맡겨 주세요, 여왕님."

유리아 공주가 대답했어요.

'나한테는 부탁하지 않으시네⋯⋯.'

클라라벨 공주가 또다시 울적해지려는 그때, 여왕
이 다시 입을 열었어요.

"클라라벨 공주는 조개 찾기를 잘한다고 들었는
데? 식탁을 장식할 커다랗고 아름다운 조개껍데기를
모아다 줄 수 있을까?"

티아 여왕은 클라라벨 공주가 잘하는 것을 기억하
고 있었어요!

"물론이죠, 여왕님!"

클라라벨 공주는 미소를 지으며 대답했어요.

쏴아 쏴아, 쏴아 쏴아⋯⋯.

파도가 치고 하늘에는 갈매기들이 원을 그리며 날
고 있었어요.

클라라벨 공주의 손에 들린 바구니에는 해변에서

주운 소라고둥과 조개껍데기가 가득했어요.

클라라벨 공주는 소라고둥 하나를 귀에 가져갔어요. 안쪽에서 깊은 바다의 속삭임이 들려와 마음이 차분해졌어요.

그때 어디선가 슬픈 노랫소리 같은 낮은 소리가 들려왔어요.

삐익····· 삐익······.

클라라벨 공주는 마음을 울리는 슬픈 소리에 이끌려 해변의 모래 언덕을 넘어갔어요.

그곳에는 바닷물이 밀려 들어와 만들어진 작은 호수가 있었어요. 소리는 그 호수에서 들려오는 것 같았어요.

산호초로 둘러싸인 호수는 바다와 떨어져 있어서 파도도 잔잔하고 고요했어요.

수면 위로 둥실 떠 있는 등지느러미가 보였어요. 구슬 같은 까맣고 동글동글한 눈도 보였어요.

'설마 돌고래인가?'

추운 윈테리아 왕국에서 자란 클라라벨 공주는 돌고래를 실제로 본 적이 한 번도 없었어요.

조금 더 가까이 다가가자 돌고래는 무슨 말을 하고 싶은 듯 클라라벨 공주를 물끄러미 바라보았어요.

클라라벨 공주는 드레스를 입은 채 물속으로 걸어 들어갔어요. 수영복 차림이었으면 좋았을 테지만, 사실 크게 상관없었어요.

운동은 대부분 못 하지만 수영 하나는 자신 있었거든요.

따뜻한 물살을 가르며 헤엄치는 클라라벨 공주의 어깨를 톡톡 두드린 것은 역시 책에서 봤던 돌고래였어요!

'엄청 작다. 아직 아기인가 봐!'

손을 내밀자 돌고래는 기쁜 듯이 클라라벨 공주의 주위를 빙글빙글 돌며 헤엄쳤어요.

그런데 자세히 보니…… 매끈한 몸통에 가슴지느러미부터 꼬리지느러미까지 크고 깊은 상처가 나 있었어요.

"어머! 너 다쳤구나! 불쌍해라……. 엄마는 어디 있니? 친구들은 없어?"

돌고래는 가족과 친구들과 함께 지내는 동물이에요.

그런데 이 돌고래는 혼자였어요.

상처를 입은 탓에 가족과 친구들과 떨어졌을지도 몰라요.

아기 돌고래는 잠시 꼬리지느러미로 물살을 헤치며 헤엄쳤지만, 곧 지쳤는지 연약한 소리로 울기 시작했어요.

삐이이이······

클라라벨 공주는 아기 돌고래의 등을 부드럽게 쓰
다듬어 주었어요.

"혹시 배가 고프니? 내가 물고기를 좀 갖다줄게.
조금만 기다려."

클라라벨 공주가 해변으로 다시 헤엄쳐 가려고 하
자, 아기 돌고래가 또다시 클라라벨 공주의 어깨를

톡톡 두드렸어요. 그리고 조금 헤엄쳐 가다가 클라라
벨 공주를 돌아보았어요.

'응? 널 따라오라고?'

클라라벨 공주는 아기 돌고래와 함께 바닷속 깊이
헤엄쳐 들어갔어요.

'응?'

바다 밑에서 뭔가가 반짝이고 있었어요.

클라라벨 공주는 조심조심 다가가, 반짝이는 물건
을 양손으로 들어 올렸어요.

"진주다!"

아기 돌고래는 반짝반짝 빛나는 눈으로 클라라벨 공주를 바라보고 있었어요.

'나한테 주는 거야?'

이마를 쓰다듬어 주자 아기 돌고래는 기쁜 듯 빙글빙글 돌았어요.

수면 위로 올라온 클라라벨 공주는 하얀 진주를 햇빛에 비춰 보았어요.

진주는 무지개색으로 아름답게 빛났어요.

'돌고래에게 선물을 받다니, 정말 신기한 일이야!'

클라라벨 공주는 이 진주에 특별한 의미가 있다고 생각했어요.

"고마워. 물고기를 가지고 금방 다시 돌아올게. 기다려 줘."

클라라벨 공주는 돌고래에게 약속했어요.

성으로 걸어가면서, 머리카락과 드레스는 뜨거운 여름 햇볕에 금세 말랐어요.

모래 언덕을 넘어 해변을 서둘러 달려가던 클라라벨 공주는 커다란 바위를 돌아가자마자 누군가와 쾅 부딪히고 말았어요.

"아얏!"

클라라벨 공주는 비명을 지르며 모래 위로 쓰러졌어요.

4

수상한 왕자

부딪힌 사람은 사무엘 왕자였어요. 바위 그림자에 숨어 몰래 뭔가를 하고 있는 것 같았어요.

"뭐야! 저리 가!"

사무엘 왕자가 급히 등 뒤로 숨긴 건 삽이었어요.

사무엘 왕자가 파 놓은 건지, 모래에 커다란 구덩이가 파여 있고 주위에는 하얗고 동그란 무언가가 흩어져 있었어요.

'혹시 이건…… 바다거북의 알?'

클라라벨 공주는 사무엘 왕자를 노려보았어요.

"설마 바다거북의 알을 파헤친 거야?"

"시끄러워! 너랑은 상관없잖아!"

사무엘 왕자가 버럭 소리쳤어요. 마치 어린애 같은 말투였어요. 어른들과 함께 있을 때와는 태도가 전혀 딴판이었죠.

'이런 짓을 하면 안 된다고 알려 줘야 할까……?'

"이 섬에선 야생 동물을 보호하고 있어. 그리고 동

물을 해치는 행동은 법으로 금지돼 있어. 곧 태어날 바다거북을 보호해야 해."

최대한 정중하게 말했지만 사무엘 왕자는 콧방귀를 뀌었어요.

"흥, 잘난 척은! 그리고 바다거북이 태어나든 말든 무슨 상관이야!"

클라라벨 공주는 조용히 생각에 잠겼어요.

'나 혼자서는 막을 수 없을 것 같아…….'

클라라벨 공주는 사무엘 왕자의 시선을 끌지 않도록 자연스럽게 오른손 새끼손톱을 만졌어요. 새끼손톱에는 티아라 모임에서 나눠 가진 마법이 깃든 보석이 붙어 있거든요.

'긴급 상황이야! 해변으로 와 줘!'

유리아 공주, 루루 공주, 자민타 공주를 떠올리면서 마음속으로 강하게 외쳤어요. 새끼손톱에 붙인 보석에는 마음으로 이야기할 수 있는 마법이 담겨 있어서, 아무리 멀리 떨어져 있어도 티아라 모임의 친구들과 연락을 할 수 있어요.

클라라벨 공주의 파란색 사파이어에서 보낸 메시지가 루루 공주의 노란색 토파즈, 유리아 공주의 빨간색 루비, 자민타 공주의 초록색 에메랄드로 전달됐어요!

"클라라벨! 괜찮아? 무슨 일이야?"

해변으로 달려오는 세 공주를 보고 사무엘 왕자는 깜짝 놀랐어요.

"뭐야, 너희는 또 뭐야? 여긴 어떻게 온 거야?"

"후훗! 우리가 어떻게 알고 왔을까? 그건 우리만의 비밀이야."

루루 공주가 허리춤에 손을 올리고 씩 웃으며 말했어요. 클라라벨 공주는 사무엘 왕자를 보며 당당히 말했어요.

"우리 넷이면 널 막을 수 있어."

"흥!"

공주 넷을 상대하는 건 무리라고 생각했는지, 사무엘 왕자는 분한 듯 발을 쿵쿵 구르며 성으로 돌아갔어요.

'후유, 정말 다행이야!'

클라라벨 공주는 안도의 한숨을 내쉰 뒤 친구들과 함께 바다거북 알을 따뜻한 모래로 잘 덮어 주었어요.

그리고 속으로 기도했어요.

'아기 바다거북들이 무사히 태어나게 해 주세요.'

성으로 돌아온 클라라벨 공주는 드레스에 묻은 모래를 열심히 털어 냈어요. 하지만 깨끗하게 떨어지지 않았어요.

바로 그때······.

"너희들! 도대체 어디 갔다 오는 거니?"

트루디 왕비가 계단을 내려오며 호통을 쳤어요!

'이크! 해변에 나갔다 온 걸 들키고 말았잖아!'

클라라벨 공주는 눈앞이 아찔해졌어요.

네 공주는 한쪽 무릎을 굽히고 트루디 왕비에게 예의 바르게 인사를 했어요.

"얼마나 찾았는지 알아? 공주가 되어서 창피한 줄도 모르고 말괄량이처럼 싸돌아다니다니!"

트루디 왕비는 날카로운 눈빛으로 공주 한 명, 한 명을 노려보았어요.

"도움이 되지 못해서 죄송합니다."

유리아 공주가 정중하게 사과했지만 왕비는 화가 가라앉지 않는 것 같았어요.

"그리고 클라라벨 공주! 우리 착한 사무엘을 괴롭

히고 심한 말을 했다고 들었다!"

리프랜드 왕국의
트루디 왕비

클라라벨 공주는 깜짝 놀랐어요. 사실대로 이야기
하려고 했지만, 입이 떨어지지 않았어요.

그때 루루 공주가 재빨리 나서서 말했어요.

"그게 아닙니다, 왕비님. 저희는 바다거북의 알을
파낸 사무엘 왕자에게 주의를 준 것뿐이에요. 사무엘
왕자가 이 섬의 법을 어기는 행동을……."

"시끄러워!"

트루디 왕비가 루루 공주의 말을 끊으며 버럭 소리 쳤어요.

"우리 사무엘이 얼마나 착한 앤데! 감히 그런 모함 을 하다니!"

그때 사무엘 왕자가 나타났어요.

"무슨 일 있으세요, 어머니? 공주들을 너무 혼내지 말아 주세요."

사무엘 왕자가 공주들을 감싸 주려는 것처럼 말했 어요. 하지만 네 공주는 왕자가 비열하게 히죽 웃는 걸 놓치지 않았어요.

트루디 왕비와 사무엘 왕자가 정원으로 나가자 네

68

공주는 머리를 맞댔어요.

"그건 그렇고, 사무엘 왕자는 해변에서 뭘 하고 있었던 거야?"

루루 공주의 말에 클라라벨 공주는 무언가가 떠올랐어요.

"아! 그러고 보니까, 사무엘 왕자가 이상한 종이를 가지고 있었어. 너희도 봤어?"

클라라벨 공주는 왕자의 바지 주머니에 꽂혀 있던 낡은 종이에 대해 말했어요.

"확실히 수상하긴 한데……."

유리아 공주가 중얼거렸어요.

"일단 내 방으로 가자!"

네 공주는 서둘러 루루 공주의 방으로 올라갔어요.

티아라 모임의 정식 회의를 위해서였죠!

"아무래도 사무엘 왕자의 방을 뒤져 보는 게 좋을 것 같아."

유리아 공주가 대담한 제안을 했어요.

루루 공주와 자민타 공주도 찬성했어요.

"그래, 그 종이에 뭐가 적혀 있는지 궁금해."

"지금 사무엘 왕자는 정원에 있으니까 방은 비어 있을 거야."

하지만 클라라벨 공주는 호수에 두고 온 아기 돌고래가 계속 마음에 걸렸어요.

"있지…… 난 가 봐야 할 데가 있어. 바다 근처 호수에 다친 아기 돌고래가 있거든. 물고기를 갖다주기로 약속했어."

클라라벨 공주는 아기 돌고래가 선물한 진주를 친구들에게 보여 주며 설명했어요.

"그런 일이 있었어? 그럼 다 같이 가 보자!"

똑똑!

방문을 두드리는 소리가 들렸어요.

유리아 공주의 수행원인 아리였어요.

아리는 티아라 모임의 존재를 알고

있는 유일한 어른이에요. 봄의 대무도

회 때도 공주들을 도와준 언니 같

은 존재랍니다.

"공주님들,
핑크 레모네이드와
초콜릿 브라우니를
가져왔어요."

"아리, 마침 잘 왔어. 의논할 게 있는데⋯⋯."

71

유리아 공주가 아리에게 사무엘 왕자의 방을 몰래 조사할 계획을 설명했어요.

아리는 예전에 왕국의 비밀 요원으로 일했기 때문에 어딘가에 몰래 숨어드는 데는 선수였어요.

"그렇다면 한 명은 복도에 남아 망을 봐야겠군요. 또 만약의 경우에 대비해서 도망칠 길을 미리 봐 둬야 해요."

유리아 공주가 손을 들었어요.

"내가 복도에 남아서 망을 볼게! 우선 사무엘 왕자의 방을 조사하고, 그다음에 같이 돌고래를 보러 가자. 아기 돌고래는 호수에 있으면 안전할 거야."

하지만 클라라벨 공주는 사무엘 왕자의 방에 몰래 들어간다는 게 마음에 걸렸어요.

'다른 사람의 방에 몰래 들어간다니, 정말 괜찮을까? 그리고 도망칠 길은 어떻게 미리 봐 두지? 좀 더 생각해 본 다음에 하는 게…….'

하지만 이런 생각은 속으로만 삼킬 뿐, 말로 꺼낼 수는 없었어요. 겁 많고 행동이 느린 자신이 티아라 모임에 방해가 되진 않을까 늘 걱정이었거든요.

"사무엘 왕자는 아직 정원에 있어."

유리아 공주가 창밖을 내다보며 말했어요.

"지금이 기회야! 가자!"

루루 공주에게 떠밀려 클라라벨 공주도 결국 사무엘 왕자의 방으로 가게 되었어요.

방문을 열자 소파와 책상, 커다란 옷장이 눈에 들어왔어요.

"진짜 들어가도 괜찮을까……?"

클라라벨 공주가 망설이는 목소리로 속삭였지만, 루루 공주는 거리낌 없이 성큼성큼 방 안으로 들어가 책상 서랍을 마구 뒤지기 시작했어요.

73

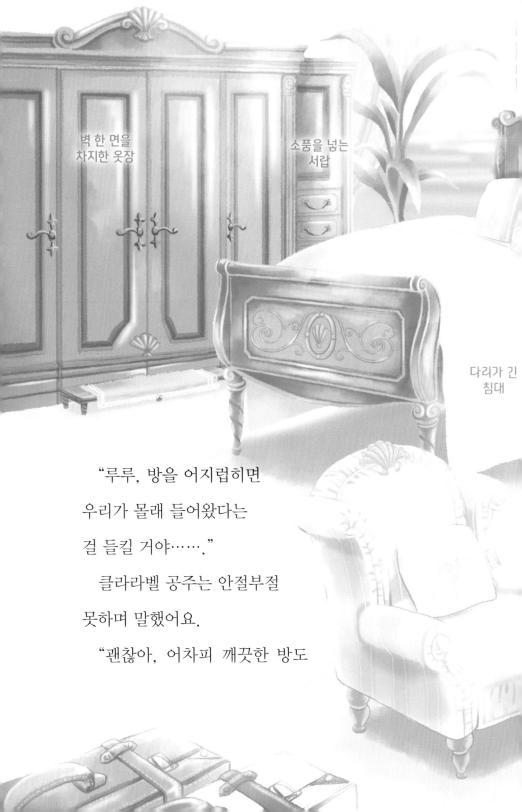

벽 한 면을
차지한 옷장

소품을 넣는
서랍

다리가 긴
침대

"루루, 방을 어지럽히면
우리가 몰래 들어왔다는
걸 들킬 거야……."
클라라벨 공주는 안절부절
못하며 말했어요.
"괜찮아, 어차피 깨끗한 방도

바다가 보이는
발코니

서류와 책이
놓여 있는
책상

푹신한 소파

아닌걸."

루루 공주가 말했어요.

"클라라벨, 옷장 좀 확인해 줄래?"

루루 공주가 책상 서랍에 코를 박고 말했어요.

클라라벨 공주는 여전히 조마조마한 마음으로 옷장 문을 열었어요.

'응? 이건……?'

옷걸이에 나란히 걸린 옷 밑에서 낡은 종이를 발견한 그때였어요!

쾅! 똑똑똑!

이게 어떻게 된 일일까요?

옷장 안에서 문이 쾅 닫히는 소리와 함께 노크하는 소리가 들려왔어요!

5

누군가가 온다!

클라라벨 공주는 그 자리에 얼어붙었어요.

옷장의 문 하나는 옆방으로 이어지는 문이었어요!

'큰일 났다! 누군가가 이 방으로 들어오려고 해!'

공주들은 부랴부랴 책과 서류를 밀쳐 최대한 제자리에 돌려놓았어요.

그때 문고리가 천천히 돌아가기 시작했어요…….

철컥!

문이 열리는 동시에 공주들은 침대 밑으로 아슬아슬하게 뛰어들었어요.

**"이런! 방이 엉망이잖아!
이렇게 난장판을 만들어 놓고
얜 어디 간 거야?"**

트루디 왕비의 신경질적인 목소리가 들려왔어요.

세 공주는 침대 밑에서 숨도 제대로 쉴 수 없었어요. 루루 공주의 발이 클라라벨 공주의 머리에 닿았지만 움직일 수가 없었어요.

사무엘 왕자의 방과 트루디 왕비의 방이 연결되어 있다니, 공주들은 꿈에도 생각 못 했어요!

사랑하는 아들의 침대 밑에 공주들이 몰래 숨어 있다는 걸 알게 된다면, 트루디 왕비가 얼마나 화를 낼까요?

'분명 온 성이 떠나가라 소리를 지르겠지. 티아 여왕이나 다른 나라 왕들에게 엄청 부풀려서 말할 게 분명해!'

갈색 하이힐이 침대 옆을 왔다 갔다 할 때마다 클라라벨 공주는 가슴이 철렁했어요.

모두가 숨을 죽이고 마치 침대의 일부가 된 것처럼 얼어붙어 있었어요.

그때 클라라벨 공주의 손 위로 무언가가 꾸물꾸물 기어갔어요.

'꺄아아아아아악!'

클라라벨 공주는 재빨리 손으로 입을 틀어막고 눈을 질끈 감았어요.

시커멓고 커다란 거미가 손 위를 기어갔지 뭐예요!

거미는 클라라벨 공주의 손에서 내려와 바닥을 계속 기어갔어요.

당장이라도 비명을 지르며 침대 밑에서 뛰쳐나가고 싶었지만, 꾹 참을 수밖에 없었어요. 트루디 왕비에게 들키면 혼자만 혼이 나는 게 아니라 친구들도 모두 곤란에 빠뜨릴 게 분명하니까요.

평소의 클라라벨 공주라면 이미 울음을 터뜨렸을 지도 몰라요.

하지만 지금은 어떻게든 참아야만 했어요.

마침내 거미가 눈앞에서 사라지고, 마음을 놓은 것도 잠시…….

쿠웅!

커다란 소리가 울려 퍼졌어요.

루루 공주가 불편한 자세를 살짝 바꾸려다가 침대

다리를 걷어차고 만 거예요!

왕비의 하이힐이 제자리에 우뚝 멈췄어요.

그러고는 침대를 향해 또각또각 다가왔어요.

'큰일 났다!'

클라라벨 공주는 눈을 질끈 감았어요…….

"꺄악!"

날카로운 비명 소리가 울려 퍼졌어요.

"거, 거, 거미! 꺄아악!"

조심스럽게 눈을 뜨고 침대 밖을 살펴보니, 조금 전 클라라벨 공주의 손 위를 기어간 거미가 트루디 왕비의 하이힐 위에 올라가 있었어요!

왕비는 비명을 지르며 복도로 뛰쳐나갔어요.

문이 쾅 닫히는 소리를 듣고 공주들은 안도의 한숨을 내쉬었어요.

'후유……'

큰 위기는 넘겼어요.

비명 소리가 점점 멀어지다가 마침내 사라지자, 공주들은 침대 밑에서 기어 나왔어요.

"거, 거, 거미! 꺄아악!"

루루 공주가 트루디 왕비의 목소리를 흉내 내자 공

주들은 키득거리며 웃었어요.

클라라벨 공주는 옷장에서 낡은 종이를 꺼내 와 펼쳤어요.

"이거…… 엠팔리섬 지도 같은데?"

자민타 공주가 책상 서랍에서 종이 한 장을 꺼내 와 재빨리 지도를 베껴 그렸어요.

그때 밖에서 망을 보던 유리아 공주가 문을 열고 들어와 말했어요.

"애들아, 여기 계속 있는 건 위험해. 빨리 나가자."

살금살금 복도로 나왔을 때, 모퉁이 너머에서 사무엘 왕자의 목소리가 들려왔어요.

'앗, 큰일 났다!'

복도 반대편은 막다른 길이에요.

"맞다! 아리가 도망칠 길을 미리 봐 두랬는데, 깜빡했어!"

유리아 공주가 울상을 지으며 말했어요.

"이제 어떡하지?"

공주들은 당황한 얼굴로 서로를 바라보았어요.

"발코니로 나가서 지붕을 타고 도망치자!"

클라라벨 공주가 재빨리 속삭였어요.

동시에 공주들은 사무엘 왕자의 방으로 다시 뛰어들었어요.

'높은 곳에 올라가는 걸 무서워하는 내가 이런 제안을 하다니……'

클라라벨 공주는 스스로도 믿을 수 없었지만 용기를 내서 발코니로 나갔어요.

"의자를 밟고 지붕에 올라갈 수 있을 거야. 그런다음 바깥 계단을 타고 정원으로 내려갈 수 있어."

말을 하면서도 속이 울렁거렸지만, 고개를 끄덕이는 친구들의 얼굴을 보자 용기가 났어요.

"그래, 해 보자!"

루루 공주가 발코니로 의자를 가져오며 말했어요.

루루 공주가 가장 먼저 의자를 밟고 지붕으로 올라가고, 유리아 공주와 자민타 공주가 곧바로 그 뒤를 따랐어요. 클라라벨 공주가 마지막으로 올라갔을 때, 문손잡이가 딸깍 소리를 냈어요.

궁전 지붕은 완전히 평평했어요. 공주들은 살금살금 지붕을 가로질러, 한쪽 끝에 있는 나선형 계단을 따라 정원으로 내려갔어요. 클라라벨 공주는 난간을 꽉 붙잡고 땅을 내려다보지 않으려고 안간힘을 썼어요.

무사히 루루 공주의 방으로 돌아온 공주들은 한숨 돌릴 새도 없이 자민타 공주가 베껴 그린 지도를 펼쳤어요.

"여기 쓰여 있는 '떠오르는 갈매기'는 아마 배 이름일 거야."

유리아 공주가 지도를 가리키며 말했어요.

"어렸을 때 아리가 이야기를 들려준 적이 있어."

떠오르는 갈매기

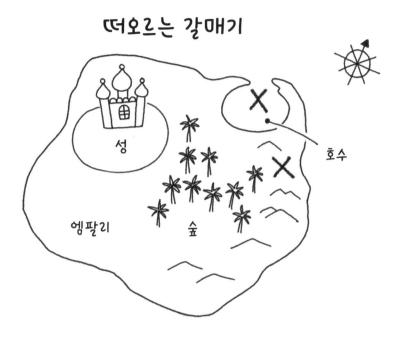

아주 오래전 이야기입니다.

보물을 잔뜩 싣고 돌아가던 배가 태풍을 만나

어느 섬 근처에서 침몰하고 말았습니다.

보물이 묻힌 섬이 어디인지 전 세계 사람들이 찾아다녔지만,

아무도 그 섬이 어디인지 찾아내지 못했습니다.

보물은 지금도 어느 섬 어딘가에 묻혀 있습니다…….

"그 배의 이름이 '떠오르는 갈매기'호였어. 이건 보물선이야!"

유리아 공주가 눈을 반짝이며 소리쳤어요.

클라라벨 공주는 가슴이 두근두근 뛰었어요.

"그럼 보물이 잠들어 있는 '어느 섬'이 엠팔리섬을 말하는 걸까?"

자민타 공주가 조심스럽게 물었어요.

"그럴지도 몰라."

유리아 공주가 대답했어요.

"혹시 이 **X** 표시가 되어 있는 곳이 사무엘 왕자가 구멍을 판 장소가 아닐까?"

루루 공주가 추측했어요.

사무엘 왕자는 보물을 찾고 있던 걸지도 몰라요!

"그럼 여기엔 보물이 없었다는 말이네."

"그렇다면 또 하나의 **X** 표시는……."

지도를 들여다보던 클라라벨 공주는 깜짝 놀라 소

리쳤어요.

"안 돼! 여기는 돌고래가 있는 호수야!"

'사무엘 왕자가 보물 찾는 일에 열중해서 돌고래를 다치게 한다면…….'

공주들은 걱정이 되어 밖으로 뛰쳐나갔어요.

'제발 아기 돌고래가 무사해야 할 텐데!'

공주들이 부엌에서 아기 돌고래에게 줄 물고기를 받아 정원을 허둥지둥 가로질러 갈 때, 티아 여왕이 부르는 소리가 들렸어요.

"아, 마침 잘 만났구나. 저녁 식사 때 식탁을 꾸미는 걸 도와주겠니?"

클라라벨 공주는 물고기가 든 바구니를 재빨리 등 뒤로 숨겼어요.

'아기 돌고래에 대해 말을 해야 할까?'

고민하고 있는 사이, 티아 여왕은 식탁을 어떻게 꾸며야 할지 설명하기 시작했어요.

어쩔 수 없이 공주들은 여왕의 지시에 따라 식탁을 꾸미기 시작했어요.

곳곳에 조개껍데기를 놓고, 꽃으로 만든 화환을 매달고, 냅킨은 백조 모양으로 접어 놓았어요.

준비를 마쳤을 때는 이미 해가 저물고 있었어요.

'벌써 시간이 이렇게 됐네……. 아기 돌고래는 괜찮을까?'

걱정이 됐지만 어쩔 수 없이 식탁에 앉아 저녁을 먹었어요.

저녁 식사가 끝나자 조지 왕자와 데니스 왕자는 카드 게임을 시작했고, 올라프 왕자는 공주들에게 말을 걸기 위해 다가왔어요.

그런데 조금 전까지 있던 사무엘 왕자의 모습이 어디에도 보이지 않았어요.

'설마 호수로 간 걸까?'

공주들은 서로의 얼굴을 마주 보며 고개를 끄덕였어요.

호수로 가는 걸 더는 미룰 수 없었어요!

자리에서 조용히 일어난 공주들은 산책을 하러 가는 것처럼 잔디밭을 가로질러 걸었어요. 그러다 줄지어 서 있는 야자나무에 도착하자마자 달리기 시작했어요.

6

달밤의 호수

공주들은 희뿌연 달빛을 받으며 호수로 서둘러 달려갔어요.

달빛을 받아 은색으로 빛나는 호수는 마치 한 폭의 아름다운 그림 같았어요.

공주들은 재빨리 드레스를 벗었어요. 안에는 미리 수영복을 입고 있었어요.

"저기야!"

클라라벨 공주가 손가락으로 가리키며 말하고 호수로 뛰어들었어요. 다른 공주들도 클라라벨 공주를 뒤따라 열심히 헤엄쳤어요.

클라라벨 공주가 가장 먼저 아기 돌고래에게 다가 갔어요.

삐이이······ 삐이이······.

아기 돌고래는 꼬리지느러미를 축 늘어뜨린 채 힘 없이 울고 있었어요.

"어쩌다 이런 상처를······. 모터보트에 부딪히기라 도 했니?"

자민타 공주가 아기 돌고래의 몸에 난 커다란 상처 를 보고 놀라며 말했어요.

"여기 물고기를 가지고 왔어. 이걸 먹으면 힘이 좀

날 거야."

클라라벨 공주가 물고기를 꺼내며 말했어요. 하지만 아기 돌고래는 물고기는 쳐다보지도 않고 계속 힘없이 울기만 했어요.

"부탁이야, 이걸 먹어 봐. 먹고 기운 차리지 않으면 상처도 낫지 않을 거야……."

클라라벨 공주가 애원했어요.

"아리한테 이 섬에 수의사가 있는지 알아봐 달라고 했는데, 섬이 너무 작아서 수의사가 없대."

유리아 공주가 힘없이 말했어요.

클라라벨 공주는 아기 돌고래를 위해 해 줄 수 있는 일이 없다고 생각하자 왈칵 눈물이 날 것 같았어요. 하지만 눈물을 꾹 참고 친구들에게 말했어요.

"우리가 어떻게든 도울 방법을 찾아야 해. 자민타, 혹시 보석의 마법을 빌릴 수는 없을까?"

그때, 물 밖으로 나가 주위를 살피던 루루 공주가 다급히 손을 흔들었어요.

"저기 사무엘 왕자가 오고 있어! 뒤를 밟아 보자!"

사무엘 왕자는 이 어두운 밤에 삽을 들고 주위를 두리번거리고 있었어요. 누가 봐도 수상한 모습이었죠.

아무에게도 알리지 않고 보물을 찾아 혼자 꿀꺽할 생각인 것 같았어요.

"서두르자! 내가 먼저 따라갈 테니까, 다들 몸을 숙이고 날 따라와!"

루루 공주가 말했어요.

자민타 공주와 유리아 공주도 사무엘 왕자를 쫓아갈 생각인 것 같았어요.

'하지만 아기 돌고래는 어쩌고……?'

클라라벨 공주는 속으로 생각했지만, 사무엘 왕자

를 쫓을 생각에 흥분한 루루 공주를 보자 차마 입이 떨어지지 않았어요.

두근두근, 두근두근…….

심장이 미친 듯이 뛰기 시작했어요.

친구들과 다른 의견을 내는 건 너무나 어려운 일이었어요.

'내가 친구들의 계획에 방해가 될지도 몰라. 하지만…….'

"이건 아니야!"

클라라벨 공주는 저도 모르게 큰 소리로 외쳤어요.

"아기 돌고래는 처음 봤을 때보다 상태가 더 안 좋아졌어. 우리가 너무 늦게 왔으니까……. 더 빨리 아기 돌고래를 구하러 왔어야 했어!"

친구들이 놀란 표정으로 바라보자 클라라벨 공주는 몸이 움츠러드는 것 같았어요. 하지만 유리아 공주가 등을 쓰다듬어 줘서 조금은 진정되었어요.

"부탁이야……. 지금은 무엇보다 아기 돌고래를 먼저 구해 줘야 해. 동물을 사랑하고 보호할 것, 그게 우리 티아라 모임의 약속 아니야?"

클라라벨 공주는 말을 마치고 참았던 숨을 들이마셨어요.

조심스럽게 루루 공주와 눈을 마주치자…… 루루 공주가 고개를 끄덕였어요.

"네 말이 맞아, 클라라벨. 보물보다 아기 돌고래를 구하는 게 더 중요해."

"맞아, 우리가 잊고 있었어."

"우리 아기 돌고래를 구하자!"

역시 보석의 약속으로 묶인 티아라 모임의 공주들이에요!

"우선 내 방으로 가서 도움이 될 만한 보석을 만들 수 있는지 보자."

자민타 공주가 말했어요.

공주들은 다시 서둘러 드레스를 입고 성으로 향했어요.

자민타 공주의 방 책상에는 보석을 가공할 때 사용하는 도구들이 놓여 있었어요.

봄의 대무도회 때, '위험을 알리는 다이아몬드'를 만들어 숲의 동물들을 지켰던 것처럼, 아기 돌고래의 상처를 낫게 할 보석을 만들 수 있을지도 몰라요!

"치유의 보석을 만들어 본 적 있어?"

클라라벨 공주가 물었어요.

자민타 공주가 고개를 저었어요.

"아니, 위험한 물건을 알려 주는 다이아몬드랑 빛을 내는 에메랄드, 그리고 우리가 서로를 부르는 데 사용하는 보석 같은 건 만들어 봤어. 하지만 살아 있는 생물에 영향을 미치는 보석은 한 번도 만들어 본 적 없어."

"너라면 할 수 있을 거야, 자민타."

유리아 공주가 격려했어요.

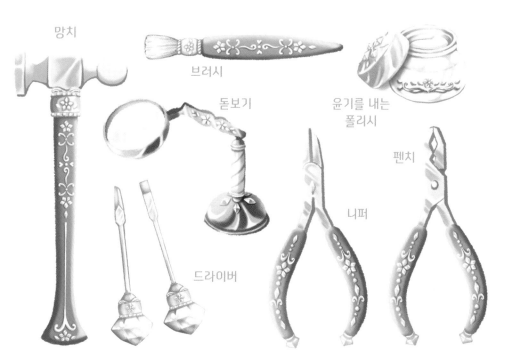

망치
브러시
돋보기
윤기를 내는 폴리시
펜치
니퍼
드라이버

"상처를 아물게 하고 건강을 회복하는 힘을 보석에 불어넣어 볼게. 클라라벨, 네 팔찌 좀 줘 볼래?"

자민타 공주는 돌고래와 교감한 클라라벨 공주의 팔찌에 박힌 사파이어를 드라이버로 둥글게 깎아 냈어요.

그러고 나서 시든 화분을 옆에 가져와 보석의 힘을 시험해 봤어요.

'제발 효과가 있게 해 주세요!'

클라라벨 공주는 간절히 기도했어요.

공주들은 화분의 식물을 유심히 관찰하며 기다렸지만, 아무런 변화도 일어나지 않았어요. 잎은 여전히 시들시들했어요.

공주들의 얼굴이 어두워졌어요. 시계는 이제 밤 12시를 가리키고 있었어요.

"아침에 일어나서 다시 해 보자."

자민타 공주가 말했어요.

"지금은 잠을 좀 자야 해."

다음 날 아침이 되자 잿빛 구름이 하늘을 뒤덮고 매서운 바람이 불어왔어요.

공주들은 누구보다도 일찍 잠에서 깨서 자민타 공주의 방에 다시 모였어요.

피곤해하는 공주들에게 아리가 체리 머핀과 밀크셰이크를 가져다줬어요.

"오늘 태풍이 온다고 하니 조심하세요. 바로 이런 태풍이 '떠오르는 갈매기'를 침몰시킨 거랍니다."

"아리, 아기 돌고래를 구할 좋은 방법이 없을까?"

클라라벨 공주가 힘없는 목소리로 물었어요.

"글쎄요…… 돌고래는 바다에 사는 동물이니까 '바다의 보석'이 효과가 있을지도 모르겠네요."

아리의 대답을 듣는 순간, 클라라벨 공주는 번개가

번쩍하는 것처럼 머릿속이 환해졌어요.

"바다의 보석! 바로 그거야!"

돌고래가 준 진주를 까맣게 잊고 있었어요!

클라라벨 공주는 진주를 가지러 방으로 달려갔어
요. 보석 상자를 열고 조심스럽게 진주를 집어 들었
을 때…….

삐이이…….

진주에서 작게 흐느끼는 듯한 소리가 들려왔어요!

7

신비한 진주

　'인어의 눈물'이라고도 불리는 진주에서 구슬픈 울음소리가 들리면서, 진주가 희미하게 떨리기 시작했어요. 두 손으로 감싸자 진주는 점점 따뜻해졌어요.

삐ㅣ이이이······

심장을 쥐어짜는 듯한 슬픈 소리에 클라라벨 공주
는 마음이 아파 왔어요.

이 소리는 틀림없이…….

"아기 돌고래의 목소리야!"

아기 돌고래가 어려움에 처해 있는 게 분명해요!

클라라벨 공주는 진주를 가지고 친구들에게 달려
갔어요.

"지금 당장 호수에 가야 할 것 같아. 아기 돌고래
가 우릴 부르고 있어!"

클라라벨 공주가 숨도 쉬지 않고 말하자 친구들은
놀란 표정을 지었어요.

"자세한 이야기는 이따 해 줄게. 지금은 설명할 시
간이 없어!"

아기 돌고래를 일분일초라도 빨리 구해야 한다는

생각에 클라라벨 공주는 마음이 급했어요.

"알겠어. 그 전에, 네 팔찌에 이 진주를 붙여 줄게. 진주를 붙이면 어떤 힘이 생길지도 몰라."

자민타 공주는 클라라벨 공주의 팔찌에 신비한 진주를 붙이고 잘 다듬었어요.

하늘에는 먹구름이 가득했고 금방이라도 태풍이 몰아칠 것 같았어요.

"서두르자!"

클라라벨 공주는 팔찌를 차고 친구들과 함께 성을 빠져나왔어요.

강한 바람이 위협적인 소리를 내며 불었어요.

벌써 날이 저문 것처럼 하늘은 어두웠고, 구름은 바람에 밀려 빠르게 흘러갔어요.

이런 날씨에 밖에 나가는 건 위험했지만, 공주들은 아기 돌고래를 구해야 한다는 생각에 거침없이 해변을 달려갔어요.

삐이······ 삐이······.

뛰는 도중에도 진주에서는 슬픈 목소리가 계속 흘러나왔어요.

호수로 향하는 모래 언덕 위에는 이미 누군가의 발자국이 찍혀 있었어요.

'태풍이 몰려오는 이런 날에 일부러 호수에 가는 사람이 있다고?'

클라라벨 공주는 가슴이 세차게 뛰었어요. 아까 지나는 길에 트루디 왕비가 티아 여왕에게 자랑스럽게 말하는 소리를 얼핏 들은 기억이 났어요.

"우리 사무엘이 아침부터 물고기 잡는 훈련을 하러

나갔지 뭐예요. 참 열심이죠? 호호호!"

에메랄드빛으로 아름답게 빛나던 호수는 거센 태
풍을 맞아 탁한 색으로 변해 있었어요.

"아기 돌고래는 어디 있지?"

클라라벨 공주는 초조하게 주위를 둘러보았어요.

사나운 파도가 바위에 부딪혀 산산이 부서졌어요.

수면 위를 아무리 찾아보아도 동그랗고 귀여운 얼
굴과 등지느러미는 보이지 않았어요.

대신 호숫가에서 흙을 파헤치고 있는 사람의 그림
자가 보였어요!

역시 사무엘 왕자였어요!

가까이 다가가 보니, 화가 잔뜩 난 채로 씩씩거리
며 마구 얽힌 그물을 풀고 있었어요.

"혹시 여기 있던 어린 돌고래 못 봤어?"

클라라벨 공주가 소리쳐 물었어요.

"못 봤느냐고? 그 돌고래 자식이 멋대로 그물에 잡히는 바람에 물에 빠지고 말았단 말야! 덕분에 난 홀딱 젖어 버렸다고. 쳇!"

사무엘 왕자는 툴툴거리며 짜증을 냈어요.

"그게 돌고래 탓이라는 거야?"

루루 공주가 어이없다는 듯 물었어요.

"네가 아무 짓도 하지 않았으면 그런 일이 벌어질 리가 없잖아."

"솔직히 말해 봐, 그물로 호수를 헤집어서 보물을 찾으려고 한 거지?"

공주들의 거침없는 말에 사무엘 왕자의 얼굴이 새빨갛게 달아올랐어요.

"시끄러워! 너희가 어떻게 보물에 대해 알고 있는 거지?"

왕자가 씩씩거리며 말했어요.

"꿈 깨서! 여기서 얼쩡거려도 너희한테는 하나도
안 줄 테니까! 다 내 거야!"

역시, 물고기 잡는 훈련을 한다고 트루디 왕비에게
거짓말을 하고 엠팔리섬의 보물을 몰래 가져갈 생각
이었던 거예요!

"우린 보물을 찾으려고 온 게 아니야! 다친 돌고래

를 구해 주려고 온 거야. 돌고래가 어디로 갔는지 정
말 몰라?"

클라라벨 공주가 간절히 물었어요.

"그딴 걸 왜 나한테 물어?"

"어서 대답해! 돌고래가 그물에 걸린 다음에 어떻
게 됐지?"

클라라벨 공주가 매섭게 화를 내며 묻자 사무엘 왕
자는 쭈뼛쭈뼛 어두운 해변을 가리켰어요.

"저기로 헤엄쳐 갔어. 친구들한테 갔겠지."

'아니, 틀렸어.'

아마 그물에 잡힌 아기 돌고래는 놀라서 호수에서
무작정 도망치려고 했을 거예요.

'다친 상태에서 그물에 걸리다니……, 얼마나 놀랐
을까!'

클라라벨 공주는 가슴이 찢어질 듯 아팠어요.

'우리가 좀 더 빨리 왔더라면 사무엘 왕자를 막을

수 있었을 텐데!'

아기 돌고래는 어디로 간 걸까요?

호수와 바다를 아무리 둘러보아도 다친 돌고래의 모습은 어디에도 보이지 않았어요.

'그런 상처를 입고 멀리 헤엄치긴 어려울 거야.'

클라라벨 공주는 금방이라도 쏟아지려는 눈물을 삼켰어요.

그때 얼굴 위로 빗방울이 투둑투둑 떨어지기 시작했어요.

"어떡하지? 태풍이 점점 심해지고 있어."

유리아 공주가 걱정스러운 얼굴로 말했어요.

마치 하늘이 찢어질 듯 번개가 내리치고, 무시무시한 천둥소리가 공기를 뒤흔들었어요.

삐이이······ 삐이이······.

진주에서 가냘픈 울음소리가 계속 들려왔어요.

"이런 태풍 속에서는 돌고래가 어디 있는지 찾을
수 없어!"

클라라벨 공주는 쭈그려 앉아 양손으로 얼굴을 감
쌌어요.

"우리가 너무 늦은 거야."

"바다로 나가서 찾아보자!"

루루 공주가 제안했어요.

"하지만 파도가 심할 때 배를 띄우면 금세 뒤집히
고 말 거야."

자민타 공주가 걱정스럽게 말했어요.

"아! 노 젓는 배를 타면 파도를 타며 갈 수 있을지도 몰라. 우리 왕국의 배가 저기에 있어."

유리아 공주가 말했어요.

"어서 가자!"

작고 빨간 배에 올라탄 용감한 공주들은 노를 저어 사나운 바다로 나갔어요.

클라라벨 공주는 팔찌에 달린 진주에 귀를 기울였어요.

삐이이······ 삐이이······

아기 돌고래의 울음소리가 천둥 같은 파도 소리 사이로 희미하게 들려왔어요.

거센 비바람과 무시무시한 파도에 맞서 싸우며 돌고래의 목소리가 부르는 곳으로 가 보니……. 파도 사이로 마침내 그토록 찾아 헤매던 돌고래의 모습이 보였어요!

"이리 와! 우릴 따라와!"

클라라벨 공주는 천둥소리에 묻히지 않도록 온 힘을 다해 소리쳤어요.

8

태풍 속으로

그런데 이게 무슨 일일까요? 아기 돌고래는 꼼짝
도 하지 않았어요.

사나운 파도에 시달려서 더 이상 움직일 힘이 없어
보였어요.

클라라벨 공주의 목소리에도 눈길조차 주지 않았
어요.

아기 돌고래는 바위 가까이로 점점 휩쓸려 갔어요.

루루 공주가 힘껏 노를 저으며 말했어요.

"우리 중 한 명이 가서 함께 헤엄치면서 해안으로 데려가야 해!"

바람 소리에도 밀리지 않는 커다란 목소리로 루루 공주가 소리쳤어요.

"내가 갈게, 난 체력은 자신 있어! 다들 노를 저어 줄래?"

그때 클라라벨 공주가 나섰어요.

"아니, 내가 갈게! 내가 꼭 구해 올 테니 기다려!"

"괜찮겠어, 클라라벨?"

유리아 공주가 걱정스럽게 물었어요.

"맞아, 파도가 높아서 헤엄치기 힘들 거야."

자민타 공주도 말했어요.

클라라벨 공주는 침을 꿀꺽 삼키고 고개를 끄덕였
어요.

"돌고래는 기억력이 좋은 동물이야. 호수에서 나랑
헤엄쳤던 걸 기억하고 있다면 분명 안심할 거야!"

하지만 유리아 공주와 자민타 공주는 여전히 걱정
스러운 얼굴이었어요.

"너무 위험해!"

눈앞에 높은 산 같은 파도가 기다리고 있었어요.

파도에 휩쓸리면 다시는 헤엄쳐 나올 수 없을지도
몰라요.

클라라벨 공주는 진주가 달린 팔찌가 빠지지 않도
록 팔에 단단히 채웠어요.

긴장한 탓에 손이 덜덜 떨렸어요.

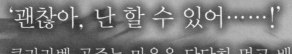

'괜찮아, 난 할 수 있어⋯⋯!'

클라라벨 공주는 마음을 단단히 먹고 배 끄트머리

에 섰어요. 그리고 떨리는 주먹을 불끈 쥐고 소리쳤

어요.

"내가 갈게! 꼭 구해 줄게, 기다려!"

자민타 공주가 배에 묶여 있던 밧줄을 바다로 힘껏

던졌어요.

쉴 새 없이 밀려오는 파도 사이로 반쯤 가라앉아

있는 아기 돌고래의 작은 머리가 언뜻언뜻 보였어요.

창백한 얼굴로 돌고래에게 시선을 고정
한 채, 클라라벨 공주는 물속으로 뛰어들었
어요. 그 즉시 산더미 같은 회색 물이 온몸
을 집어삼켰어요. 클라라벨 공주는 수면 위
로 헤엄쳐 올라와 밧줄을 붙잡았어요. 그리
고 아기 돌고래 곁으로 헤엄쳐 가서, 부드
럽게 몸을 쓰다듬어 주었어요. 돌고래는 겁
에 질린 까만 눈동자로 바라보았어요.

"걱정 마, 나와 함께 있으면 안전해."

　클라라벨 공주는 아기 돌고래를 한쪽 팔에 안고 밧
줄을 잡아당겼어요.

　파도가 일렁이고 바람이 불 때마다 숨을 쉬기도 힘
들었지만, 이대로 포기할 수는 없었어요.

　수영이 특기인 클라라벨 공주도 이렇게 태풍이 몰
아치는 바다에서 헤엄치는 건 처음이었어요.

　힘없이 축 늘어진 아기 돌고래를 한쪽 팔에 안은

채 바위에 부딪히지 않도록 조심조심 헤엄쳤어요.

상상했던 것보다 훨씬 힘이 들었어요. 잠시라도 긴

장을 풀었다가는 계속해서 밀려오는 파도에 휩쓸려

금방이라도 가라앉을 것 같았어요.

아기 돌고래의 상태는 점점 나빠지는 것 같았어요.

클라라벨 공주는 마음이 조급해졌어요.

"밧줄을 당겨 줘!"

"알았어! 절대 놓치지 마!"

무섭게 쏟아지는 비를 맞으며 필사적으로 노를 젓는 루루 공주가 보였어요.

자민타 공주와 유리아 공주는 힘껏 밧줄을 잡아당겼어요.

클라라벨 공주는 아기 돌고래에게 속삭였어요.

"이제 조금만 더 가면 돼! 힘내!"

태풍이 서서히 물러가면서 마침내 비바람이 약해지기 시작했어요.

잔잔해진 호수에 도착하자 바닷물이 다시 에메랄드빛으로 바뀌었어요.

배에 타고 있던 세 공주도 호수로 뛰어들어 클라라벨 공주 옆으로 다가왔어요.

공주들은 거센 태풍이 몰아치는 바다에서 아기 돌고래를 구해 냈어요!

하지만 아무리 불러도 아기 돌고래는 눈을 뜨지 않았어요.

파도는 이미 잠잠해졌는데, 코를 물 밖으로 간신히 내민 채 여전히 힘겹게 숨을 쉬고 있었어요.

"힘내! 할 수 있어!"

루루 공주가 안타까운 목소리로 말했어요.

아기 돌고래의 몸은 온통 상처투성이였어요.

'어떡해, 파도와 싸우느라 너무 약해졌나 봐……'

클라라벨 공주의 눈에서 참고 있던 눈물이 또르르 흘러내렸어요…….

9

진주에 소원을

"아!"

자민타 공주가 무언가 떠오른 듯 작게 소리쳤어요.

"진주가 있잖아! 마법의 힘을 시험해 보자!"

클라라벨 공주는 서둘러 팔찌를 빼서 돌고래의 상

처에 가져다 댔어요.

그러자…….

사파이어가 푸른 빛을 내고, 진주가 무지개처럼 빛나기 시작했어요. 사파이어와 진주가 아기 돌고래의 심장 박동에 맞춰 함께 빛났어요.

"효과가 있는 걸까?"

루루 공주가 조심스레 물었어요.

"잘 모르겠어."

유리아 공주가 대답했어요.

"좀 더 기다려 보자."

자민타 공주가 말했어요.

네 공주는 기도하는 마음으로 지켜보았지만, 아무리 기다려도 아기 돌고래는 눈을 뜨지 않았어요.

'이대로 마냥 기다릴 수는 없어.'

클라라벨 공주는 팔찌를 손에 꼭 쥔 채 진심을 담아 말했어요.

"아기 돌고래가 다시 건강해졌으면 좋겠어. 다시 힘차게 헤엄쳤으면 좋겠어⋯⋯."

진주의 힘이 정말로 돌고래의 상처를 치료할 수 있는지는 몰랐지만, 지금은 바다의 보석을 믿는 수밖에 없었어요.

"제발, 아기 돌고래가 다시 건강해졌으면 좋겠어!"

클라라벨 공주는 이제 눈물을 흘리지 않았어요.

"진주야, 힘을 빌려 줘⋯⋯!"

간절하게 바라던 그 순간⋯⋯.

진주가 눈부시게 빛났어요!

무지갯빛이 더 환해지고, 물방울 같은 하얀 거품이
진주에서 보글보글 쏟아져 나오기 시작했어요. 그 거
품이 아기 돌고래의 몸을 감쌌어요.

삐이이이······.

희미한 울음소리를 들었다고 생각한 순간······.
철썩!
아기 돌고래가 꼬리지느러미로 힘차게 수면을 때
렸어요.
"봐, 상처가 낫고 있어!"
자민타 공주가 속삭였어요.
마법처럼 아기 돌고래의 상처가 서서히 아물고 있
었어요.
유리아 공주가 클라라벨 공주의 손을 맞잡았어요.
"네 간절한 소원이 진주에 닿았나 봐, 클라라벨!"

그때, 바다 쪽에서 무슨 소리가 들려왔어요.

풍덩! 풍덩!

돌고래들이 물 위로 신나게 점프하며 분수를 뿜어 냈어요.

아기 돌고래도 힘차게 뛰어올랐어요.

클라라벨 공주는 눈이 휘둥그레졌어요.

"혹시 네 가족과 친구들이니?"

상처가 사라진 것도 놀라운데, 아기 돌고래의 친구들이 찾아오다니!

눈앞에서 펼쳐진 기적에 공주들은 벌어진 입을 다물지 못했어요.

"정말 놀라워!"

"다행이다! 아기 돌고래는 이제 혼자가 아니야!"

루루 공주와 유리아 공주는 커다란 돌고래의 등지

느러미를 잡고 호수를 헤엄치며 놀기 시작했어요.

자민타 공주가 클라라벨 공주에게 물을 뿌리며 장난을 쳤어요.

"클라라벨, 네가 진주에 깃들어 있던 마법을 깨운 거야. 축하해!"

아기 돌고래는 고맙다고 인사하는 듯 클라라벨 공주에게 다가와 몸을 비볐어요. 이제 완전히 기운을 차린 것 같았어요.

처음엔 자신감이 부족해서 걸핏하면 울기만 했던 클라라벨 공주.

하지만 아기 돌고래를 구하고 싶다는 간절한 마음이 진주에 닿자, 진주가 클라라벨 공주의 소원을 이루어 주었어요.

멀리까지 헤엄쳐 갔던 아기 돌고래가 다시 돌아와

물속으로 들어갔어요.

아기 돌고래는 깊은 곳까지 헤엄쳐 내려갔다가 다시 올라오길 반복했어요.

마치 무슨 신호를 보내는 것 같았어요.

"왜 그래? 따라오라고?"

클라라벨 공주는 아기 돌고래와 함께 바다 밑바닥까지 헤엄쳐 내려갔어요.

그런데 그곳에서 무언가가 반짝반짝 빛나고 있었어요!

'이건 설마…… '떠오르는 갈매기'호의 보물?'

뚜껑이 열린 보물 상자에서 금화와 액세서리, 보석이 쏟아져 나와 바닥에 흩어져 있었어요.

반짝이는 보물 때문에 주위가 반짝반짝 빛났어요.

'떠오르는 갈매기'호가 가라앉은 전설의 섬은 정말로 엠팔리섬이었어요!

오래전에 배와 함께 사라졌던 보물은 아름다운 호

수 밑에 조용히 잠들어 있었어요.

"보물이 여기에 가라앉아 있었구나. 그걸 네가 찾아 주다니…….."

클라라벨 공주는 아기 돌고래의 주둥이를 부드럽게 쓰다듬었어요.

'섬을 다스리는 티아 여왕님께 당장 보고해야겠어!'

클라라벨 공주의 마음은 기쁨으로 가득 찼어요.

'아기 돌고래도 구하고 보물도 찾다니!'

돌고래 떼가 호수를 떠날 시간이 왔어요.
"친구들이랑 행복하게 지내!"
클라라벨 공주는 벅찬 마음으로 인사했어요.
돌고래들은 멋진 점프를 보여 주면서 힘차게 헤엄
쳐 갔어요.
수평선 너머로 돌고래들의 모습이 보이지 않을 때
까지 네 공주는 손을 흔들었어요.

10

요트 경기

다음 날 아침, 날씨는 거짓말처럼 맑아졌어요. 푸르른 하늘에는 새하얀 구름이 둥실둥실 떠다녔어요.

드디어 오늘은 요트 경기가 열리는 날이에요.

공주들은 보물 상자를 수레에 실어 성의 정원으로 옮겼어요.

각국의 왕들에게 인사를 하던 티아 여왕이 공주들

을 발견하고 놀란 얼굴로 다가왔어요.

"이건……."

클라라벨 공주는 무릎을 굽혀 공손하게 인사하며 말했어요.

"여왕님, 저희가 돌고래의 안내를 받아 '떠오르는 갈매기'호의 보물을 찾아냈어요. 오랫동안 호수 바닥에 묻혀 있었답니다."

"뭐라고? 지금까지 아무도 찾지 못했는데……. 정말 대단하구나!"

각국의 왕과 왕비가 박수를 보냈어요.

"기다려 주세요, 여왕님!"

박수갈채 속에서 누군가가 다급히 외치는 소리가 들렸어요.

바로 사무엘 왕자였어요!

"이 보물을 찾고 있던 사람은 바로 접니다! 제가 그동안 열심히 찾아다녔는데, 공주들이 중간에 가로

챈 거예요!"

티아 여왕이 눈썹을 찌푸렸어요.

"그럼 허락도 없이 내 방에 몰래 들어와 책장에서 엠팔리섬의 소중한 지도를 훔쳐 간 게 사무엘 왕자란 말이냐?"

사무엘 왕자는 티아 여왕의 무서운 표정에 겁을 먹었는지 거짓말을 했어요.

"지도라뇨? 저는 모르는 일이에요. 공주들이 한 짓 아닐까요?"

사무엘 왕자가 시치미를 뚝 떼고 공주들을 노려보며 손가락질을 했어요.

공주들은 당황했어요.

'이러다 오해를 받겠어!'

그때였어요.

푸드덕 푸드덕!

파란 날개를 가진 앵무새가 힘차게 날아와 왕자의 어깨 위에 앉았어요.

"꼬아아아아아악!"

동물을 싫어하는 사무엘 왕자가 한심한 비명을 내지르며 납작 엎드리자, 왕자의 바지 주머니에서 낡은 지도가 툭 떨어졌어요.

"역시 네가 범인이었구나, 사무엘 왕자!"

티아 여왕의 소중한 지도를 훔친 것도 모자라 함부로 바다거북의 알과 돌고래를 해치고, 거짓말까지 해서 자신의 죄를 다른 사람에게 뒤집어씌우려고 하다니…….

139

결국 사무엘 왕자는 벌을 받게 되었어요.

"사무엘 왕자는 요트 경기가 열리는 동안 동물 우리를 청소하고 사료를 주며 반성하도록 해라."

티아 여왕이 명령하자, 사무엘 왕자는 불만 가득한 얼굴로 도망치듯 사라졌어요.

"우리 사무엘이 그런 짓을 했을 리가 없어!"

트루디 왕비는 아들의 잘못이 밝혀졌는데도 당당히 소리치며 왕자의 뒤를 쫓아갔어요.

'사무엘 왕자가 이번 일로 반성하고 조금이라도 동물들과 주위 사람들에게 상냥해졌으면 좋겠어.'

클라라벨 공주는 그렇게 생각하며 멀어져 가는 두 사람을 바라보았어요.

펑! 펑! 펑!

폭죽과 불꽃이 터지며 드디어 요트 경기가 시작되

었어요!

요트 경기는 세계 각국의 선수들이 돛을 단 배로 누가 더 빨리 결승선에 도착하는지 겨루는 경기예요.

항구는 수많은 사람들로 붐비고 있어서 마치 축제 같았어요.

에메랄드빛 바다가 햇빛에 반짝반짝 빛나고, 형형색색의 돛이 바람에 나부꼈어요.

"삼, 이, 일…… 출발!"

출발 신호가 떨어지고, 알록달록한 돛을 단 요트들이 동시에 출발했어요!

"우아아아아!"

관람석에서 우렁찬 함성이 터졌어요.

클라라벨 공주는 부모님과 친구들과 함께 바다가 한눈에 보이는 자리에서 경기를 관람했어요.

상쾌한 바람에 하늘하늘 나부끼는 드레스는 이번 요트 경기를 위해 특별히 만든 거랍니다.

파란 사파이어가
가득한 티아라

햇빛을 조심하라며
어머니가 준 양산

Clarabel

클라라벨 공주

긴 금발 머리가
바닷바람에
찰랑찰랑!

장갑을 껴서
더 단정하게!

바다를
떠올리게 하는
옅은 파란색

친구들을 너무
배려만 하는 것도
안 좋다는 걸 배웠어.

오른손 새끼손톱에는
푸른 사파이어 보석을
붙였어.

겹겹이 풍성한
긴 드레스

아름다운 해변에
어울리는
파도 같은 프릴

바닷속 산호초를
떠올리게 하는
분홍색이 포인트!

Yuria

유리아 공주

깃털로 장식한
모자

화려하게 말린
곱슬머리

귀여운 얼굴에
어울리는 프릴과
리본이 포인트!

요트 경기에
어울리는
고급 실크

볼록하게 부풀린
풍성한 드레스

드레스 자락엔
우아한 꽃 장식을!

투명한 소재로
만들어서
바람에 나부껴.

왕관을
떠올리게 하는
기품 있는
티아라

가벼운 천을
몇 겹 겹쳐
만든 치마

반짝반짝한
비즈 장식이 가득!

앞은 짧고
뒤는 긴
치마가 특징!

Lulu

루루 공주

대담한 복장과
어울리는 부츠

Jaminta

자민타 공주

오니카 왕국에서 나는
투명한 수정으로 만든
귀걸이

하얗고 우아한
꽃으로 모자를
장식했어.

바닷바람을
걸친 듯한 실루엣

금색 꽃 자수가
햇빛을 받아
반짝반짝!

현명한 이미지에
어울리는
짙은 초록색

푸른빛이 도는
핑크와 주황색의
조화!

"좀 더 가까이 가서 보지 않을래?"

루루 공주가 친구들에게 물었어요.

클라라벨 공주는 어머니에게 배를 타고 바다로 나가도 되는지 물어보았어요.

"조심하렴. 파도가 얼마나 흔들리는지 모르지? 노를 젓는 건 정말 힘들단다. 파도가 잔잔해도 쉽지 않을 거야."

어린 공주가 걱정스러운지, 왕비의 아름다운 파란 눈동자가 흔들렸어요.

윈테리아 왕국의 하나뿐인 공주로 애지중지 자란 클라라벨 공주는 그동안 위험한 일이나 어려운 일은 되도록 피해 왔어요.

"알겠어요, 어머니. 조심히 다녀올게요."

대답을 하면서 터져 나오려는 웃음을 꾹 참아야 했어요.

'이렇게 날씨가 좋은데도 걱정을 하시는데, 어제

147

태풍이 몰아치는 바다로 배를 타고 나갔던 걸 어머니
가 알게 된다면⋯⋯.'

게다가 어둠이 내려앉은 바다에 혼자 뛰어들어 돌
고래를 구한 건 또 어떻고요!

'어머니가 알게 되면 분명 놀라서 기절하실 거야!'

공주들은 깔깔대며 배를 타는 곳까지 뛰어갔어요.

친구들보다 달리기가 많이 느린 클라라벨 공주가
숨을 헐떡이며 도착했을 때, 유리아 공주와 자민타
공주는 이미 배에 올라타 손을 흔들고 있었어요.

유리아 공주는 노를 물에 집어넣을 준비를 했어요.

자민타 공주는 끙끙대며 밧줄을 풀었어요.

루루 공주는 웬일인지 배에 타지 않고, 조금 떨어
진 곳에 서서 클라라벨 공주가 먼저 배에 오르길 기
다리고 있었어요.

타다다닷!

루루 공주가 가볍게 달려와 빙글빙글 두 바퀴 공중 제비를 돌더니, 그대로 배 위에 착지하는 멋진 기술을 선보였어요.

"우아아아아!"

유리아 공주와 자민타 공주가 감탄하며 박수를 보냈어요.

'드레스가 구겨지지도 않고 흔들리는 배에 올라타다니! 정말 완벽해!'

클라라벨 공주는 눈이 부신 듯 루루 공주를 바라보았어요.

'루루는 진짜, 진짜 멋진 공주야!'

11

나만의 자신감

"나도 그렇게 공중제비를 돌 수 있으면 얼마나 좋을까……."

클라라벨 공주는 루루 공주가 부러워서 한숨을 폭 내쉬었어요.

"티아라 모임의 공주들 중에서 나만 달리기가 느리고, 밧줄 타기나 나무 오르기도 제일 못 해……."

클라라벨 공주의 풀 죽은 말에 루루 공주가 깜짝
놀라 말했어요.

"넌 네가 얼마나 멋진 공주인지 모르는구나!"

"내가 멋지다고?"

클라라벨 공주가 놀라며 묻자 세 공주가 고개를 끄
덕였어요.

"아기 돌고래를 위해 태풍이 몰아치는 바다에 혼자
뛰어든 게 누구더라?"

"진주에서 돌고래의 울음소리를 들은 게 누구지?"

"간절한 마음으로 진주의 마법을 깨운 건 누구였더
라? 이게 다 네 대단한 능력이잖아, 클라라벨!"

친구들의 말이 클라라벨 공주의 마음을 울렸어요.

'나에게도 친구들에겐 없는 나만의 특기가 있다는
건가?'

클라라벨 공주의 푸른 눈동자가 맑은 바다처럼 반
짝반짝 빛났어요.

달리기가 느리고, 높은 곳을 무서워하고, 균형을 잘 잡지 못하는 등 친구들보다 못 하는 게 분명 더 있을 거예요.

하지만 도움이 필요한 동물들을 가장 먼저 알아채고, 힘들어하는 동물들을 달래고, 다친 동물들을 낫게 할 수 있는 건 클라라벨 공주뿐이었어요.

그리고 그걸 위해 친구들을 설득하는 용기를 낸 것도요.

"공중제비라면 언제든 알려 줄 수 있어!"

루루 공주가 윙크를 하며 말하자 클라라벨 공주는 고개를 끄덕였어요.

친구들과 비교해서 못 하는 게 있더라도 더 이상 혼자 끙끙 앓지 않을 거예요.

누구에게나 잘하지 못하는 일이 분명 있어요.

하지만 반대로 내가 남들보다 잘하는 일도 분명 있답니다.

만약 자신이 부족하다고 느끼더라도, 자신감을 잃지 말고 내가 잘할 수 있는 일을 찾으면 돼요.

이게 바로 예쁘고 똑똑하고 용감한 공주들이 태풍이 몰아치는 바다를 헤엄친 끝에 도착한 멋진 결승선이랍니다.

삐삐!

멀리서 푸른 날개를 가진 앵무새가 날아와 클라라벨 공주의 어깨에 앉았어요.

클라라벨 공주는 앵무새의 부리를 부드럽게 쓰다듬으며 바다를 바라보았어요.

맨 뒤에서 달리는 요트가 하얀 파도를 만들며 앞으로 나아가고 있었어요.

'누군가와 비교하며 슬퍼하지 않을래. 난 내가 할 수 있는 일을 하면 되니까!'

클라라벨 공주는 꼴찌로 달리는 요트를 향해 마음속으로 조용히 응원을 보냈어요.

———————

'소원을 이루어 주는 진주' 이야기는

여기까지랍니다. 예쁘고 똑똑하고 용감한

공주들의 모험은 이후에도 계속되며,

티아라 모임의 멤버도 점점 늘어나지만······.

그 이야기는 나중에 또 들려줄게요.

〈3권에 계속〉

〈공주들의 약속2. 소원을 이루어 주는 진주〉를
도서관에 희망도서 신청해 주세요!
사은품을 드립니다.

이젠
우울해하지 않을 거야.

나만의 자신감을
찾았으니까!

티아라 모임의
보너스 정보!

이 책에서 소개하지 못한
이야기들을 들려줄게.

노란색과 →
빨간색 히비스커스꽃을
엮어서 만들었어.

화려한 꽃으로
만든 화환

저녁 식탁을 꾸미는 걸
열심히 도왔어!

정원에서의 저녁 식사 자리를 멋지게
꾸미는 일은 힘들지만 보람 있었어!

해변에서 주문
조개껍데기를
식탁에

유리 그릇에 넣거나
← 이름표 꽂이로 활용!

가운데를
두 번 접어서

머리랑 날개를
만들고

티아 여왕에게 배운
냅킨 백조 접기

완성되면 접시 위로!

주전자에는
귀여운 덮개를

← 트루디 왕비가 우리에게
주전자 덮개를 만드는 일을
시키려고 했다지 뭐야!

← 항상
우릴
도와줬어.

'떠오르는 갈매기'호의
보물은…

돌고래와 거북이 등 야생 동물이 살아가는
바다를 지키는 활동 자금으로 쓰기로 했대!

사무엘 왕자가
무서워하던
앵무새

어디선가 날아와서
내 어깨에 앉았어.
나랑은 사이가 좋아.

이제
안심이야!

윈테리아 왕국은 눈의 나라

내가 사는 나라는 1년 내내 눈이 쌓여 있고
엄청 추워서, 따뜻하고 태양 빛이 가득한
엠팔리섬에 가는 게 항상 기다려져.

하얗고 귀여운
여우가 있어.
↓

☆식사를 하는 곳

점심 식사는 정원에 차려졌어. 성의 주인인
티아 여왕이 레모네이드를 만들어 줬어.

☆손님 방

내 방은 안쪽 문을 통해
어머니가 있는 옆방과
연결돼 있어.
커다란 책상과 소파,
바다가 보이는 발코니가
있어서 좋았어.

☆티아 여왕의 방

몰래 들어가서 책장에 있는
보물 지도를 가지고 나왔어.
침몰한 보물선의 보물은
이제 다 내 거야!

☆요트
경기장

경기를 위해
세계 각국에서 온
배가 모여 있었어.
에메랄드빛 바다는
햇빛을 받아
반짝반짝 빛났지.

☆노 젓는 배

공주들은 요트 경기를
더 가까이에서 보겠다고
배를 타고 나갔어.

☆섬의 하늘

갈매기 말고도 가끔
내가 싫어하는
앵무새가 날아왔어.
그만 좀 날아오라고!

★성의 정원

어머니 트루디 왕비의 명령에
따라 공주들을 찾으러 갔어.
공주들은 실내에서 조용히
하라는 일이나 하면 얼마나 좋아!

★바다

호수와 비교해서 파도가
사나워. 특히 태풍이
몰아칠 때는 돌고래도
헤엄치기 힘들 정도야.

★호수

오래전에 침몰한 보물선의
보물을 건지기 위해서 그물을
던졌어. 그런데 돌고래가
그물에 걸렸지 뭐야…….
방해 좀 하지 마!

★해안가의 바위

보물 지도에 따르면 이 주변에
보물이 있을 가능성이 높았어.
삽으로 땅을 파고 있는데
하필 클라라벨 공주랑
부딪히는 바람에……. 쳇!

★해변

모래를 파다 보니까
동그랗고 하얀 것들이
많이 나왔어.

엠팔리섬은
정말 멋진 곳이야!

공주들의 약속

③

별의 보석, 운명의 보석

보석 왕국의 궁전에 손님을 태운 마차들이 도착해요. 황제의 90살 생일을
축하하는 성대한 페스티벌이 열리거든요! 마법의 수정, 12단 케이크,
귀여운 아기 판다, 은색 강, 그리고 산에서 일어나는 대사건까지!
새끼손톱의 보석이 빛을 발하면, 예쁘고 똑똑하고 용기 있는 공주들의
두근거리는 모험이 펼쳐져요!

2025년 2월 28일 초판 인쇄

글 폴라 해리슨 | 그림 ajico | 옮김 봉봉

기획 이성애 | 편집 한명근 | 교정·교열 권혜정
마케팅 한명규 | 디자인 김성엽의 디자인모아

발행처 (주)가람어린이

출판등록 2002년 9월 16일 제2002-000291호
주소 경기도 고양시 덕양구 삼원로 63, 1015호
전화 02-323-2160 | 팩스 02-6008-2150
전자우편 garambook@garambook.com
블로그 blog.naver.com/garamchildbook
인스타그램 instagram.com/garamchildbook
X(트위터) twitter.com/garamchildbook
유튜브 가람어린이tv 카카오톡 채널 가람어린이출판사

ISBN 979-11-6518-369-1 (73840)

책의 내용과 그림을 출판사와 저자의 허락없이
인용하거나 발췌하는 것을 금합니다.

＊ 잘못 만들어진 책은 바꿔 드립니다.
＊ 책값은 뒤표지에 있습니다.

① 무도회와 보석의 약속

'티아라 모임' 공주들의 이야기 제1탄!
"우리의 첫 만남, 첫 우정 소중히 간직하자!"

전 세계의 왕과 왕비가 모이는 대무도회에 처음 초대받은 유리아 공주.
아름다운 숲에 둘러싸인 성에서 다른 왕국의 공주들과 만나 우정이 싹틉니다.
장미 드레스와 우아한 춤, 맛있는 저녁 만찬, 멋진 왕자들……
그리고 비밀스러운 모험까지! 새끼손톱의 보석이 빛을 발하면,
예쁘고 똑똑하고 용기 있는 공주들의 두근거리는 모험이 시작됩니다!

마법 소녀
루오카

나는 루오카의
동물 시종 바닐라!
마법의 거리는
하루도 조용할 날이 없어!

1 인어 리듬 매니큐어

2 마음을 잇는 시간 마법

3 마법에 걸린 놀이공원

4 천사의 비밀 수첩

5 길 잃은 강아지와 마법 반지

6 우리는 영원한 친구!

마법을 동경하는 카오루와
마법을 싫어하는 마녀 루오카,
두 소녀의 마법 같은 이야기!

길에서 우연히 신비로운 카드를 주운 카오루는 눈부신 빛에 휩싸여
낯선 거리로 빨려 들어간다. 끝없이 늘어선 알록달록 화려한 가게들,
이곳에선 마법이 깃든 물건을 하루에 딱 한 개만 살 수 있다는데…….
그럼 여긴 혹시 마법의 거리!?

동물과 말하는 아이 릴리

동물과 말하는
아이 릴리의 이야기를
시리즈로 만나 보세요!

동물과 말하는 아이 릴리

릴리에게는 아무도 모르는 특별한 비밀이 있다.
바로 동물들과 말을 할 수 있다는 것!
학교에서는 수줍은 외톨이지만 동물들에겐 인기 짱,
릴리와 동물들이 나누는 특별한 우정 이야기!

마리의 동물 병원

1 달려, 초코칩!

2 마을 고양이 실종 사건

3 강아지 구출 대작전!

수의사를 꿈꾸는 소녀 마리와
영리한 강아지 초코칩의 이야기를
시리즈로 만나 보세요!

수의자가 꿈인 마리 앞에 어느 날 아주 특별한 강아지가 운명처럼 나타난다.
영리한 강아지 초코칩과 함께 작은 시골 마을에서 벌어지는
수상한 사건들을 해결하고, 위험에 빠진 동물들을 구하는
마리와 친구들의 흥미진진한 모험 이야기!